Christian Jo
Christian H

Le jour
où mon frère
viendra

POCKET
jeunesse

L'auteur

Fils caché d'une célèbre fée irlandaise et d'un crapaud d'Italie,
Christian Jolibois est âgé aujourd'hui de 352 ans.
Infatigable inventeur d'histoires, menteries et fantaisies,
il a provisoirement amarré son trois-mâts *Le Teigneux*
dans un petit village de Bourgogne,
afin de se consacrer exclusivement à l'écriture.
Il parle couramment le cochon, l'arbre, la rose et le poulet.

L'illustrateur

Oiseau de grand travail, racleur d'aquarelles
et redoutable ébouriffeur de pinceaux,
Christian Heinrich arpente volontiers
les immenses territoires vierges de sa petite feuille blanche.
Il travaille aujourd'hui à Strasbourg et rêve souvent à la mer
en bavardant avec les cormorans qui font étape chez lui.
Cet ouvrage a reçu le Prix du Mouvement pour les villages d'enfants 2003.

Du même auteur et du même illustrateur

La petite poule qui voulait voir la mer
(Prix du livre de jeunesse de la ville de Cherbourg 2001)
Un poulailler dans les étoiles
(Prix Croqu'livres et Prix Tatoulu 2003)
Le jour où mon frère viendra
(Prix du Mouvement pour les villages d'enfants 2003)
Nom d'une poule, on a volé le soleil !
(Prix Tatoulu 2004)
Charivari chez les P'tites Poules
(Prix du Jury Jeunes Lecteurs de la ville du Havre 2006)
Les P'tites Poules, la Bête et le Chevalier
Jean qui dort et Jean qui lit
(Prix Chronos Vacances 2007)
Sauve qui poule !
Coup de foudre au poulailler
Un poule tous, tous poule un !
Album collector (tomes 1 à 4)
Album collector (tomes 5 à 8)

Loi n° 49-956 du 16 juillet 1949
sur les publications destinées à la jeunesse : février 2006.
© 2002, Éditions Pocket Jeunesse, département d'Univers Poche.
© 2006, Éditions Pocket Jeunesse, département d'Univers Poche, pour la présente édition.
ISBN : 978-2-266-15852-7
Achevé d'imprimer en France par Pollina, 85400 Luçon – n°L55579
Dépôt légal : février 2006
Suite du premier tirage : novembre 2010

À nos chers mamans et papas poules.

Christian et Christian

Voici venu le temps des poussins !
Poulettes et poulets
font fête aux derniers-nés.
Seul Carmélito, le poulet rose,
est un peu triste.
Il regarde ses copains avec envie.
« Pourquoi je n'ai pas
de petit frère, moi ?...

... Si j'avais un p'tit frère,
on pourrait jouer ensemble
à Saute-poulet ou à Tire-l'asticot. »

– Dis, Coqsix, tu me prêtes ton poussin ?
– Ah, non ! Pas question ! C'est MON frère !

Alors, le petit poulet rose
pousse un cri désespéré :

– Moi aussi,
j'veux
un p'tit frère !

Il s'élance vers ses parents :
— Maman ! Papa ! Comment on fait les bébés ?

Carméla prend tendrement
son petit sur ses genoux, et lui explique
le *Grand Mystère* de la vie.

— Tu sais, mon Carmélito,
une maman doit couver pendant trois longues semaines
pour qu'un poussin sorte de l'œuf…

Piticok poursuit :
– Mais la fermière nous prend
tous nos œufs, car ta maman
pond les plus beaux du poulailler !
Et, sans œufs à couver,
pas de poussin !
Carmélito comprend alors
que jamais il n'aura de petit frère.

Mais voici que Pédro le cormoran
propose une chose incroyable :
– Les amis, confiez-moi cet œuf !
La fermière n'aura jamais l'idée
de venir le chercher
dans mon tonneau.

C'est moi
qui vais le couver en cachette !

Voilà une idée… inouïe… insolite…
mais tellement formidable !
– Un bébé en douce, dit Piticok.
– Un poulet clandestin, dit Carméla.
– Un poussin secret, dit Carmélito.

–Oooh,
merci, Pédro !

Et c'est ainsi que Pédro
se met à couver incognito l'œuf de Carméla,
sans que la fermière soupçonne quoi que ce soit.

—Ôte-toi de mon soleil, vilaine !

Chaque nuit, Carmélito
quitte son nid et toque
discrètement au tonneau.
– Psiiittt ! Pédro ?
J'peux voir mon frère ?

–Hello, frérot !

Dans l'œuf, le poussin donne
des coups de patte contre la coquille.
Le petit poulet est tout fier :
– C'est mon frère !

– Comme j'ai hâte que tu sois là,
lui murmure-t-il.

Une nuit, grâce aux progrès
extraordinaires de la technique moderne,
Pédro montre à Carmélito
la fragile silhouette du poussin à travers la coquille.

Enfin le grand jour arrive !

Bientôt, le poussin
sortira de son œuf.
Si c'est un garçon ce sera : Chantecler.
Si c'est une fille ce sera : Carmen.

En compagnie de son ami Bélino,
Carmélito s'affaire.
Il confectionne avec amour
le cadeau qu'il veut offrir
à son petit frère :
un magnifique bâton.

Non loin de là, deux hérissons affamés
cherchent à se remplir le ventre.

Mais, curieusement, ils dédaignent
limaces, insectes et champignons.
Aujourd'hui,
ils désirent faire un festin de roi.

Soudain, le plus jeune aperçoit une pomme…

Son aîné le tire violemment
en arrière…

… car le fruit très appétissant
est un piège tendu par les hommes.
Les deux hérissons décident alors
d'aller rôder du côté du poulailler…

… Là-bas, il y a toujours quelque chose à dénicher.

Dans la basse-cour,
Pédro montre à ses amis
ce qu'il sait faire avec le bâton.
– Hé, admirez, les gars !

– Là-bas ! Regardez !
dit soudain Carmélito.
Deux jeunes hérissons
qui jouent avec…

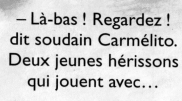

… Mon p'tit frère !
Ils volent mon p'tit frère !!!

Aussitôt, une poursuite s'engage.
– Je prends par les champs ! hurle Bélino.
– Et moi par la forêt…
Pédro leur recommande d'être très prudents.

– On va se régaler !
– Lâche-ça !
– Non, moi d'abord !

– Pick !

24

– Nick !

– La passe ! La passe !

25

À l'intérieur de l'œuf, le poussin proteste.

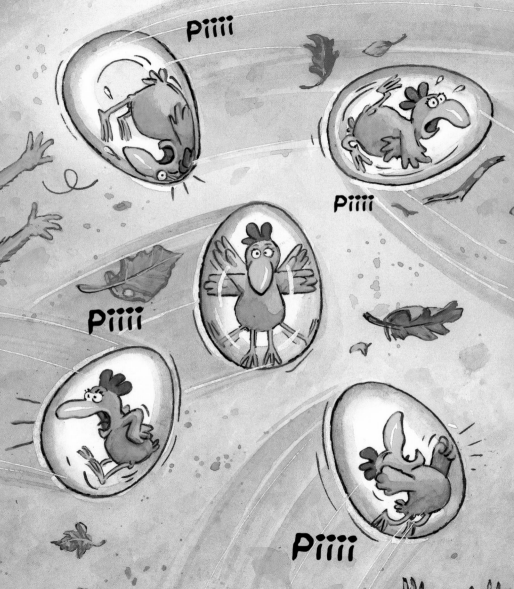

Piiii !

-Oh ! Un œuf qui parle !!!

-Attention, Nick !
Y a quelqu'un
dans l'œuf !

Quand Carmélito arrive enfin,
les deux hérissons sont déjà loin.

-Mon frè...!

– Nom d'une coquille !
C'est une fille !
s'écrie Carmélito,
terriblement déçu.

Piou Piou !

– Ouaaiiis, c'est ça ! Moi aussi, trèèèès heureux !

– Laisse ce bâton, Carmen !
Ce n'est pas un jouet pour les filles,
bougonne Carmélito.

Piou

Aïe !

–Bon, d'accord, garde-le, ton bâton.

Carmélito, toujours grognon, montre à sa petite sœur
comment franchir la rivière à l'aide d'une liane.
– Nous devons traverser ici pour rejoindre le poulailler.

– Elle m'énerve, celle-là !

–Piou Piou Piou !
– Tu as faim ? Pfff… Allez, suis-moi.
Je vais chercher de quoi manger.

Quelques instants plus tard,
Carmélito pense avoir trouvé
de quoi nourrir sa petite sœur.
– Tu aimes les pommes, Carmen ?

Clac!

Le piège retombe
sur le poulet imprudent.

Carmen croit que son frère
fait le pitre pour l'amuser.

Piou!

Mais elle comprend vite qu'il a besoin d'aide.
Alors, avec son bâton, elle délivre le prisonnier.

– Carmen ! s'écrie Carmélito, le cœur battant.
Comme je suis fier que tu sois ma sœur !

Piou !

De son côté, Bélino continue à chercher…
– Madame ? Vous n'auriez pas vu passer
un poulet rose à la poursuite d'un œuf ?

… Un poulet très sympa… ?
… Avec un œuf pas plus gros que ça ?

–Carmélitoooo !!!

Dans la forêt, chemin faisant,
Carmen trouve une miette de pain...

... puis une autre... et encore une autre...

– Qu'est-ce que tu manges ? lui demande Carmélito.

Piou !

Carmen et Carmélito
reprennent la direction du poulailler
quand, au détour d'un sentier...

Les voleurs d'enfants!!!

– Sortez de là ! ordonne Carmélito.
Allez, venez vous battre, si vous n'êtes pas des lâches…

Carmen n'a pas oublié
comment Pick et Nick
l'ont bousculée dans son œuf.
Pour eux, elle invente un nouveau jeu.

-ouyouy**OUILLE !**

– Je connais cette voix… !

-Bélino !

-Mon poulet !

Carmélito est intarissable sur sa petite sœur :
— ... Tu vas voir, Bélino !
Elle est drôle et elle sait faire
des trucs incroyables !
Il ne lui manque que la parole...

Lorsque la petite dernière
arrive au poulailler,
la basse-cour explose de joie.
Les parents sont très émus.
— Comme elle te ressemble,
dit Piticok en regardant
amoureusement Carméla.

Le plus heureux de tous, c'est Carmélito !

Il a une petite soeur !

Désormais, ils ne se quittent plus.
Et les journées sont trop courtes
pour jouer ensemble à :
Saute-poulet,
Tire-l'asticot,
Mystère et poules de gomme,
Je n'ai plus de plume,
La p'tite crête qui monte, qui monte,
L'aile ou la cuisse,
Petit fermier et son grand couteau,
Grain dur et grain mou,
Picoti-Picota,
J'ai un fil à la patte,
Volons-nous dans les plumes…

Piou !

Un matin, la fermière, étonnée,
s'arrête devant la petite Carmen qui fait sa sieste.
— Ben ? J'te connais point, toi, la p'tiote !
D'où tu viens, mon poussin ?

–Ôte-toi de mon soleil, vilaine !

-Elle parle!!!